Ishida Ichiro Senryu collection

川柳作家ベストコレクション

石田一郎

野良着干す風が労るように抜け

The Senryu Magazine
200th Anniversary Special Edition
A best of selection
from 200 Senryu writers' works

新葉館出版

風土川柳を大切にしたい。

野に育てられ、雪に泣かされてきたのが長野の川柳です。その中で農業を愛し、農業に生きてきた川柳人が居るのです。

一般の川柳作家に風土川柳の世界の鑑賞能力を養ってほしいと思います。農民には農民（職人には職人）の句があるのです。

川柳作家ベストコレクション

石田一郎 ■ 目次

川柳作家ベストコレクション

石田一郎

第一章 野良

野良着干す風が労るように抜け
春だ春だこれから土がおもしろい
芽を出すと行進曲になる畑

生きる音して雑草の実がはぜる

台詞など一つもいらぬ春の鍬

いい雨だ土が呼吸をしてくれる

今日生きる田の水満たす音の中
用水路絆は一番持っている
良い友がいっぱい鉢巻してくれる

棚田みな必死に汗をかいている

生きている棚田を満たす水の音

土くれになるまで父が居た棚田

骨密度棚田はとうに切れている
風景の一つにされて棚田刈る
川を売る泥鰌も居なくなったから

真っ黒な軍手仲間だなと思う

ぶっきらぼうそんな案山子が好きだった

一枚の絵だろう父の頬被り

二人三脚夢がいっぱいだった頃
村にある掟かしこく鞭を振る
施錠音残して村は消えてゆく

誇ろうか我が田の水は平らなり

過労死か穴の軍手が捨ててある

働いて働いて過疎になっていく

打ちこんだ杭から変る風景画

晴耕雨読癒してくれる酒がある

介護バス命を乗せているのです

血が通い言葉繋がる里だった

稲を刈るこの豊かさよこの景色

一行詩士と話をして生きる

母の眼にホタルが住んだ川がある

一村を水に浸して田植え済む

向い風生きねばならぬ顔になる

明日の風になれよと湯治へ妻を連れ

大空に機嫌を貰う野良が好き

田植え済む青い呼吸を貰い受け

剪定が終って風が光り出す

田を巡るいまだ農夫の顔をして

物干しの隅から隅へ野良着占め

喝采もないのに雑草爆ぜている

田の中に立てば若さがほしくなり

十年後やがて笑いの消える村

満々と水引き農夫の子守り唄

満天の隅に小さな星は亡母

蛇口からガブガブガブ重い稲だった

アスパラの長さへ母の腰曲がる

西瓜たたく時だけやさしい父の音

いい雨だ農夫が空をほめている

七転び八起きへ父の鞭がある

田の水と一所懸命生きている

あぜ道をゆっくり田植歌が老い

職人なんだよ百姓の手のひらは

新米の艶これ以上ない笑い

満点をくれて今年の田を仕舞う

セクハラのように田圃を見て歩く

急斜面必死に鍬が血を流す

汗という一生でした田の子守り

痛かった辛かったろう落ちりんご

裏切りは出来ないやさしい土だった

働いてポックリ農夫の訃が届く

正直な土で嘘は通じない

花見酒農夫の主語が崩れ出し

田圃には化石のような老いばかり

職業は老いぼれ農夫と書いて出す

ありがとう綺麗に農具洗ってる

パレードが終ったように秋を締め

一心に生きたあの日の開拓碑

開拓碑きっと神様だけ残る

泣き言を吐かない村の頬かむり

祭りの日村は豊かな色になる

嬉しそう慈雨が村中笑わせる

四季のない帽子で農夫畑を打つ

五線譜にない古里の田植歌

種を蒔く父の歩幅がリズミカル

欲しい雨欲しくない雨野良に立つ

運命線まだまだ百姓続かせる

刃こぼれの里父が研ぎ母が研ぎ

捨てられた農具で風邪をひいている

篤農の背を最後に陽は落ちる
雑草に励まされながら生きている
豆爆ぜる満足そうな音である

台風一過りんご悲しいほど落ちる

田植済む日記にあふれる水の音

千枚田数えなおして又数え

作業衣を洗う俺にも明日がある

春の鍬こんなに笑うとはいいね

飴玉がころころ村にある派閥

横にしておこう農作だった案山子

昇る人いない村にある火の見

一本の旗揺るぎ無い父が居る

無縁の碑かたむき雪国眠るだけ

石ころの道だった励ましだった

種袋自信みなぎる音がする

O脚がぞろぞろ年金受給の日

野の風になれよと父の座を受ける

この村が好きだと春の川流れ

田の水加減だれに聞かれることも無く

豆爆ぜるきっと笑っているんだね

黙々と水盗む夜の深帽子

休耕田祭囃子を聞きもらす

田を守る全力疾走だった僕

農具まだ光らせているリズム感

青空が味方素顔が野になじむ

種袋春へいぶきを整える

水盗む農夫互いに化けている

農魂一徹笑顔を絶やさない

田が終り静かになった水の音

輪廻とはいまだに老いの米作り

田を仕舞う情けと思う穂を拾う

托鉢へ落とすコインの澄んだ音

合掌の指一つずつにある仏

不揃いの長靴が行く雪の葬

ブルペンに誰も居ない田を残す

田を閉じるベンチに補欠いないまま

譲る子も無く野の構図燃え尽きる

自惚れはなかった指先曲がれども

見送って見送って村に残される

離農する決断先祖へ侘びている

田一枚畳まれていく農夫の死

ありがとうご苦労さんと田を閉める

第二章　ひと幕

花になれ風になれよと子守唄

輪廻転生きっと同じ妻を選る

自分史の峠に妻が居てくれた

ありがとうひたすら母は丸くなる

やさしさが膨らむ母の手の温さ

米を研ぐ母にやさしい水の音

はと車信濃の雪は降りつづき

仏壇の中みな雪に泣いた人

大空を貰う信濃の露天風呂

手のひらの蛍綺麗な恋だった

遠花火音だけ届く空がある

童話集母の蛍が舞っている

新しいシーツへ桃になってゆく

独り言ひとりごとEカップだね

推敲を済ませば逃げていく女

易の灯に身の上話が揺れている

内緒ごと嫌い聞かない耳を持つ

古日記良い友いっぱい謝すばかり

あなたからの手紙破いてから吹雪く

廃校の碑遠いオルガン弾いている

耐え切れなかったのだろう流れ星

悲しみは一つも持たぬ花の色

よれよれの財布我慢を知っている

合掌を続けどこかにある弱み

プライドはまだある僕の唐辛子

ご飯粒だまって母の指拾う

良く笑う母だったそばを打つ時も

母さんのジョーク風向き和らげる

温かい心にされたにぎり飯

水のごと風のごとくに父母の愛

和やかな話に溶ける角砂糖

一輪の花に垣根が溶けてくる

人間が好きで一本提げて来る

納得はしないが酒は飲んでくる

隅で飲む男で正論吐いている

昭和史を語るとくどい酒になる

豪快な酒は地球を回してる
一升瓶味方のような顔でいる
プライドを捨てると酒が丸くなる

破顔一笑地酒の中に敵もいる

夕暮の赤提灯も愛だろう

コップ酒さんまこんなに笑うとは

方言がやさしく地酒に酔ってくる

なみなみの酒から本音零れ出し

年金の額は漏らさぬコップ酒

決断がついても癒す鶴を折る

道の駅鮮度鉢巻して迎え

迷い出したのだろうか独楽は回らない

九条の話をすると揺れる国
相槌を打ってその気にさせてくる
借り一つあって笑いを遠くする

無人駅なのにどことなく温かい

一通の手紙が蜂の巣を壊す

流れ星君も過労死なんだろう

平行線労使の肩が冷えたまま
社誌百年労働歌は載ってない
肩書きがはずれのっぺらぼうにされ

砂時計一途な道を繰り返す

神様が持て余してる絵馬の数

負けん気がまだ缶を蹴っている

まだ生きる燃えないゴミの方に居る

相槌を打って深みに落ちていく

懸命という字を抱いて生き延びる

この川を流れて行った桃がある

一徹に生きて反骨の旗を振る

祖父の声父の声する廃校舎

ワレモノと書こう膨らみすぎた夢

天敵へ鉢巻だけは見せておく

長老と言われ火中の栗拾う

知恵の輪が解けぬ微熱を渡される

真ん中に居るとずるさが出てしまう

定年の朝隠し玉捨てに出る

九百を越すと折鶴騒ぎ出す

神様は逃げたか仏様は居る

満天の星のどこかに亡妻が居る

忠魂碑集まる人もなく老いる

塩むすびみんな私の子供です

ひまな人なんだろう又転んでる

一通に集ういい友持っている

外科内科元気にカルテ持ち歩く

公衆電話死に体という寒さ抱き

塾充満させ北風の子見当たらず

義理に泣く財布寂しい顔をする

迷いなど一つも持たぬ砂時計

ポケットの石まだ憎き人がいる

すぐ錆びる少年が居るＢクラス

塾乱立乾いたままの玩具箱

匙加減こんな軽さが難しい

立ち直る勇気をくれた虹の色

クール便箱いっぱいに海が来る

助走路を綺麗に掃いて子を放つ

風神と遊んでいますシャボン玉

二人だけの迷路必死に生きて来た

時々は秘密に酸素おくらねば

折鶴をどう組んでみても負け戦

要介護ばかりで桃は流れゆく

一期一会心のリボン揺れている

ゴミ袋ときどき息を吐いている

三猿を上手にこなし生きている

ぴったりと尺貫法の老母が居る

触れないでおこう涙脆いから

輪の中に昭和もがいた跡がある

生ぬるい風引き出しの中にいる

無事だった今日は苺の味がする

全員が揃うと文句出なくなる

先生の投げる雪玉やわらかい

感謝する平和をくれた兵の墓

癌病棟廊下涙の川流れ

徘徊と又出合ってる昼下り

すぐ溶ける氷が嘘を聞いている

本当の仲間笑い袋の中に居る

仏像の慈悲に迷いが溶けてくる

風船が一番嫌いな紐といる

正義感火の粉の臭い抱いてくる

光らない男もチャンス持っている
どんぐりの決意大きな森を描く
生臭い男はさっき流したよ

隠れん坊薄い光の中に居る

ひっそりと来たのに墓の話し好き

追伸に大きな波が押し寄せる

あとがき

私が川柳を始めたのは昭和二十八年の二十歳の時でした。それから六十七年、川柳にお世話になってきました。翌年の昭和二十九年に、長野県小諸市に住んでおられた川柳誌「あさま」の編集長だった佐藤曙光さんが、国鉄飯山線の機関区長として飯山駅に赴任して来ていて、曙光さんを中心に私と飯山市に住む石沢利夫さん、隣の中野市に住む松沢初風さんと四人が寄り合い川柳を楽しみました。この四人で川柳の会を作ろうと意見が一致して、会を作りました。会の名称を飯山線の除雪で一番威力のあった「キマロキ」の名を取って四人のスタートですから会の名称を「川柳キマロキ吟社」としたのです。この時、私が代表者となって趣味の一つとして作句に励み、現在に至っております。現在、他の三名の方は他界されました。

昭和三十年の初めに上田市に住む金子呑風先生を訪ねて、川柳の手解きを受け、いろいろと教えていただきました。

吟社として会員の加入を募り、昭和三十五年一月から雪見川柳大会を開催してきましたが、鉄道や電車が大雪で不通となるなどして十五年間続けましたが、雪には勝てず中止してしまいました。

その後、昭和四十九年三月に同人の寺井研三郎さんの発案で、市内全戸に引かれていた有線放送で川柳を募集すると、夫婦や親子で「生活の記録を川柳で残そう」と川柳を楽しむ人が一五〇人ほど投句されるようになりました。

投句者の大半は農民でした。田畑に出る時には鉛筆とメモ用紙を忘れずに持って出たと聞かされました。私の思う農民川柳であり、風土川柳の出発でもありました。農業に生きる人の叫びでもあったと思います。昭和五十五年には川柳句集「こなゆき」を一〇五名の参加で発刊しました。その有線放送の「有線川柳」は、平成十三年に廃止と共に終了しました。

平成十四年からは全戸にケーブルテレビが配信され、平成十五年からテレビで川柳を募集して、全国各地からインターネットでも投句が出来るようになり、その選者を務めています。長野県以外でも投句をいただいています。県外にも配信して見ていただいています。

長野県シニア大学でも川柳の実技を担当し、二年生まで年六回を二年間行いました。その人達が卒業すると会を作り、月一回の例会を開いています。

長野刑務所の篤志面接委員の委嘱を受けていて、長野刑務所で月一回の川柳クラブの指導も行っています。八年間続けていますので、多くの人に川柳を学んでもらいました。

私は出来るだけ県外の大会等に参加させてもらっています。

県内各地の大会、講演会、公募川柳の選者等に頼まれて出ることが多くありました。

今は亡き母や女房の協力があったからだと感謝しています。

川柳キマロキ吟社は、平成七年に飯山市長から川柳を通じて地域文化の拡大に貢献され、その功績は誠に顕著であったと表彰を受けました。その記念にと多くの皆さんとＪＡの協力があって、家の前に句碑を建立していただきました。その句碑には、

花になれ風になれよと子守唄　一郎

と刻んであります。

先輩の多くの先生のご指導があったから今も川柳と生きられると思っています。中島紫痴郎、金子呑風、石曽根民郎、金井有為郎、清水春蛙、佐藤曙光の先生方への感謝の念に堪えません。先生方からは「川柳人は高慢になってはいけない、心がやさしければ、やさしい川柳人になれる」と言われたことを反復しています。

二〇二〇年五月吉日

石田一郎

●著者略歴

石田一郎（いしだ・いちろう）

長野県飯山市大字照里一八三二
昭和八年七月十日生

【柳歴】
川柳キマロキ吟社代表、（前）長野県川柳作家連盟会長、（現）長野県川柳作家連盟顧問、長野県シニア大学講師、信濃毎日新聞柳壇選者、全日本川柳協会常任幹事、全日本川柳協会功労賞受賞、飯山市文化功労賞受賞、川柳宮城野社同人、現代川柳研究会会員、柳都川柳社会員（20年間連続大会参加中）、東京矯正管区篤志面接委員（長野刑務所で川柳指導）、ケーブルテレビアイネット川柳選者、北信濃新聞柳壇選者、日本現代詩歌文学館振興会評議員

川柳作家ベストコレクション
石田一郎
野良着干す風が労るように抜け
○
2020年 6 月11日 初 版
著 者
石 田 一 郎
発行人
松 岡 恭 子
発行所
新 葉 館 出 版
大阪市東成区玉津1丁目9-16 4F 〒537-0023
TEL06-4259-3777㈹ FAX06-4259-3888
https://shinyokan.jp/
○
定価はカバーに表示してあります。

ISBN978-4-86044-995-7